2011년 푸른 문학상 새로운 작가상을, 2013년 비룡소 문학상 대상을 수상했어요. 어린이 친구들이 신나고 재미있게 읽는 이야기를 쓰려고 언제나 노력하고 있답니다. 지은 책으로 〈내 멋대로 뽑기〉, 〈운동장 아래 100층 학교〉, 〈장화 신은 개구리 보짱〉 시리즈, 《책 읽는 강아지 몽몽》《칠판에 딱 붙은 아이들》《책으로 똥을 닦는 돼지》《석주명》 등 다수의 책이 있습니다.

학교에서 애니메이션을 배웠고, 지금은 어린이책에 그림을 그리고 있답니다. 동물들과 함께 산 이후로 좋아하던 검은색 옷 대신 늘 회색 옷을 입어야 해서 약간 슬프지만, 재미있는 그림 그리기와 다시 검은색 옷 입기를 목표로 열심히 그림을 그리고 있어요. 그린 책으로는 〈내 멋대로 뽑기〉, 〈똥볶이 할멈〉, 〈낭만 강아지 봉봉〉 시리즈, 《신비 아이스크림 가게》 등이 있습니다.

내 멋대로 산타 뽑기
④ 크리스마스 축제 대소동

1판 1쇄 인쇄 | 2024. 11. 13.
1판 1쇄 발행 | 2024. 11. 27.

최은옥 글 | 김무연 그림

발행처 김영사 | 발행인 박강휘
편집 박양인 | 디자인 윤소라 | 마케팅 이철주 | 홍보 조은우, 육소연
등록번호 제 406-2003-036호 | 등록일자 1979. 5. 17.
주소 경기도 파주시 문발로 197(우 10881)
전화 마케팅부 031-955-3100 | 편집부 031-955-3113~20 | 팩스 031-955-3111

값은 표지에 있습니다.
ISBN 979-11-94330-50-9 73810

좋은 독자가 좋은 책을 만듭니다. 김영사는 독자 여러분의 의견에 항상 귀 기울이고 있습니다.
전자우편 book@gimmyoung.com | 홈페이지 www.gimmyoung.com

|어린이제품 안전특별법에 의한 표시사항| 제품명 도서 제조년월일 2024년 11월 27일 제조사명 김영사 주소 10881 경기도 파주시 문발로 197 전화번호 031-955-3100 제조국명 대한민국 사용 연령 8세 이상 ⚠주의 책 모서리에 찍히거나 책장에 베이지 않게 조심하세요.

본 작품은 겨울 시즌에 맞춰 출간되는 《내 멋대로 산타 뽑기》의 스핀 오프 시리즈입니다.

내 멋대로
산타 뽑기

4 크리스마스 축제 대소동

최은옥 글 | 김무연 그림

주니어김영사

차례

수상한 도우미

"콜록, 콜록콜록."

툴툴 산타가 연신 기침해 댔어요.

"어휴, 이놈의 감기가 왜 이렇게 오래가는 거야. 나이가 들어서 그런지 당최 낫질 않네."

툴툴 산타는 어깨를 움츠리고 난로에 땔감을 더 넣었어요. 그때 문밖에서 소리가 들렸어요.

"계세요?"

"아침부터 누구지?"

툴툴 산타가 문을 열자 어떤 아주머니가 서 있었어요.

새빨간 스카프를 두르고 선글라스와 마스크를 낀 낯
선 아주머니였어요. 몸집이 자그마한 아주머니가
갈라지는 목소리로 인사했어요.
　"안녕하세요. 오늘 일을 도와주기로 한 도우
　미예요."

"도우미는 오후에나 온다고 했던 거 같은데요? 콜록콜록."

"모, 몸이 안 좋다는 얘기를 들어서 일찍 왔어요."

아주머니가 슬쩍 집 안으로 들어서며 말을 이었어요.

"어머머, 집이 이렇게 지저분하니까 감기에 걸리지요. 우선 집부터 치워야겠네요."

아주머니는 외투와 장갑을 벗지도 않고 스카프와 선글라스도 그대로 쓴 채 청소하기 시작했어요. 추위를 많이 타고 낯을 가려서 이대로 청소하는 게 편하다면서 말이에요. 아주머니는 바닥에 깔린 러그를 걷어 내고 구석구석 쓸었어요. 집 곳곳에 먼지가 뿌옇게 일었지요. 툴툴 산타는 못마땅한 얼굴로 손을 홰홰 내저었어요.

"콜록콜록. 어유, 이렇게까지 안 해도 돼요. 그냥 집안일을 좀 도와 달라고 부른 거예요. 몸도 안 좋고 크리스마스가 얼마 안 남아서 너무 바쁘거든요."

아주머니는 툴툴 산타를 힐끗 보며 맞장구쳤어요.

"맞아요. 크리스마스에 산타가 얼마나 바쁜지 잘 알지요. 그 많은 선물을 하룻밤 사이에 배달해야 하니 오죽 힘들겠어요? 정말 대단하세요."

툴툴 산타는 아주머니 말에 기분이 좋은 듯 어깨를 으쓱였어요. 그러고는 주절주절 떠들었지요. 산타라는 일이 보기보다 챙겨야 할 게 엄청 많다고 말이에요. 편지를 하나하나 읽고 분류하는 작업도 신경이 쓰이고, 썰매를 정비하는 일도 손이 많이 가고, 성미가 까다로운 순록을 돌보는 일도 꽤 힘들다고요.

"게다가 호시탐탐 선물을 노리는 고약한 너구리 녀석 때문에 아주 골치가

아프다니까요!"

툴툴 산타는 생각만 해도 짜증이 난다는 듯 눈을 부릅떴어요. 그러자 아주머니가 갑자기 딸꾹질하며 급하게 먼지떨이를 집어 들었어요.

"딸꾹, 딸꾹. 이, 이제 머, 먼지를 털어 볼까요. 딸꾹."

아주머니는 어줍은 손놀림으로 테이블, 의자, 장식장 등 집 안 여기저기를 마구 털어 댔어요. 손이 거친 아주머니가 벽난로 위쪽에 걸린 액자의 먼지를 털려고 할 때였어요.

"잠깐!"

툴툴 산타가 잽싸게 달려와 액자를 떼어 냈어요.

13

드넓은 바다 위에 거대한 유람선이 떠 있는 사진이었지요.

"잘못해서 깨지기라도 하면 어쩌려고요."

툴툴 산타는 소중한 보물을 다루듯 액자를 방으로 가지고 가더니 문을 닫았어요.

"아주머니, 이 방은 청소하지 않아도 괜찮아요."

그러고는 순록을 돌보고 오겠다며 밖으로 나섰어요.

"아이고, 몸도 안 좋은데 천천히, 천천히 다녀오세요."

아주머니가 문 앞에서 실실 웃었어요.

얼마 후, 툴툴 산타가 집 안으로 들어서며 혀를 찼어요.

"쯧쯧쯧, 순록 녀석들이 갈수록 먹이를 가리네. 아무거나 잘 먹어야 크리스마스이브에 힘을 쓸 텐데. 그나저나 아주머니는 청소를 다 끝냈을…….."

툴툴 산타가 우뚝 멈춰 섰어요. 집 안이 나갈 때보다 더 어질러져 있었어요. 마치 태풍이 휩쓸고 간 것 같았지요. 게다가 아주머니도 온데간데없었어요.

"아주머니, 아주머니!"

툴툴 산타가 소리쳐 불렀어요. 아주머니가 방에서 허둥허둥 뛰쳐나왔어요.

"그 방은 청소하지 말라고 했잖아요. 그리고 집이 왜 이 모양이에요?"

툴툴 산타가 발끈하자, 아주머니가 얼른 말했어요.

"이왕 하는 거 제대로 해야지요. 방 먼저 치우고 거실도 청소하려고 했지요."

아주머니는 테이블에 쌓여 있는 편지를 보며 말을 돌렸어요.

"선물을 달라는 편지가 이렇게 많이 오는 걸 보니 인기가 정말 대단한가 봐요?"

"큼큼, 원래 내가 인기가 좀 많기는 하지요. 콜록, 콜록 콜록."

툴툴 산타가 조금 누그러진 목소리로 대답하며 의자에 앉았어요. 기침이 끊이지 않았거든요. 아주머니는 컵에 물을 담아 툴툴 산타에게 다가갔어요.

"근데 배달할 선물이 왜 하나도 안 보여요?"

"콜록콜록, 너구리 녀석 때문에 산타 본부에 있는 선물 창고에 맡겨 놓고 크리스마스이브에 바로 배달하거든요."

"서, 선물 창고요? 그게 어디에 있는데요?"

툴툴 산타가 입을 떼려는 순간 문이 벌컥 열렸어요.

우당탕퉁탕!

시끄러운 소리와 함께 모자 삼총사가 들이닥쳤어요. 세 아이는 집 안을 뛰어다니며 옥신각신 떠들었어요.

"산타 할아버지, 이것 좀 보세요!"

"이리 줘, 내가 찾았으니까 내가 말할 거야."

"너희들, 아까 얘기한 건 비밀로 해야 해."

모자 삼총사는 웬 종이를 서로 빼앗으려고 실랑이했어요. 그러다 컵을 들고 있는 아주머니를 살짝 밀쳤지요. 컵에 든 물이 아주머니에게 확 쏟아졌어요.

"앗, 죄송해요!"

셋은 아주머니에게 달려들어 요란스럽게 물을 닦기 시

작했어요. 그 바람에 아주머니의 스카프가 풀어지고, 마
스크가 떨어지고, 선글라스가 벗겨졌어요. 아주머니가
아니, 너구리가 동그랗게 눈을 뜨고 어쩔 줄 몰라 했어
요. 툴툴 산타가 벌떡 일어섰어요.

"너, 넌, 너구리잖아!"

너구리가 문밖으로 쏜살같이 내빼며 말했어요.

"에잇, 제대로 되는 일이 하나도 없다니까!"

너구리의 계략

툴툴 산타와 모자 삼총사는 집 안 곳곳을 꼼꼼하게 살폈어요. 작은 것 하나라도 너구리가 가져간 물건이 있는지 눈여겨봤지요.

"다행히 없어진 물건은 없구나. 나쁜 녀석, 선물을 찾으려고 집 안을 온통 엉망으로 만들어 놓았네."

툴툴 산타는 방에서 들고 나온 유람선 사진을 다시 벽난로 위쪽에 조심스럽게 걸었어요. 그러고는 테이블에 앉아 한숨을 내쉬다가, 씩씩거리다가 또 한숨을 내쉬기를 반복했어요.

"어휴, 너구리 녀석을 못 알아보다니 나도 참 바보구나."

"고약한 너구리 녀석 같으니라고. 여기가 어디라고 와!"

"에구, 나도 이제 늙었나 보다."

모자 삼총사가 괜찮다며 위로했어요.

"너구리가 그렇게 변장하고 왔으니까 몰라보는 게 당연하지요."

"맞아요. 우리도 못 알아본걸요."

"여기에 선물이 없다는 걸 알았으니까 다시는 오지 않을 거예요. 걱정 마세요."

툴툴 산타가 다행이라는 듯 고개를 끄덕였어요. 그러다 뭔가 생각난 얼굴로 물었어요.

"아까 들고 온 종이는 뭐니?"

모자 삼총사가 테이블 위에 광고지 한 장을 쫙 펼쳤어요.

"할아버지, 이것 좀 보세요. 우리 마을에서 크리스마스 축제가 열린대요."

"여러 가지 대회도 하고요."

"좋은 상품도 엄청 많아요."

툴툴 산타가 광고지를 살피며 중얼거렸어.

"중앙 광장에서 12월 23일 저녁에 열리네. 눈 조각도 전

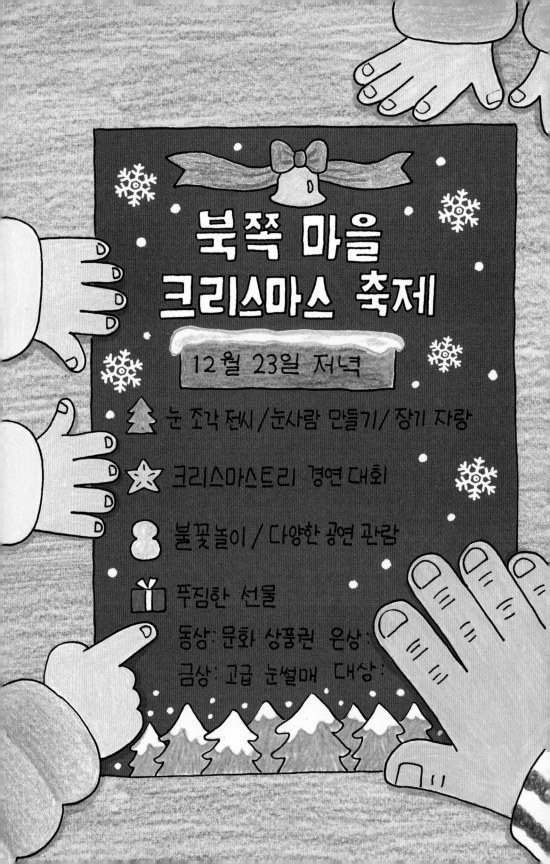

시하고, 눈사람 만들기도 하고, 장기 자랑도 열리고, 크리
스마스트리 경연 대회도 하는구나. 그 외에 재밌는 볼거
리도 먹을거리도 많네. 그런데…… 대상 사, 상품이?"

툴툴 산타가 광고지를 뚫어지게 보더니 갑자기 목소리
를 높였어요.

"얘들아, 나도 대회에 나가야겠다!"

너구리가 숲속을 걸어가며 입을 비죽였어요.

"어유, 알고 보니 선물을 산타 본부 창고에 숨겨 놓고
있었네. 하필이면 그 순간에 꼬마 녀석들이 나타날 게 뭐
람! 선물 창고가 어디에 있는지만 알아냈어도 어마어마
한 선물이 모두 내 차지가 되는 건데."

너구리는 머리끝까지 성이 나서 온몸의 털이 주뼛 서는
것 같았어요. 그때 어디선가 이상한 소리가 들려왔어요.
누군가 흐느껴 우는 소리 같았지요.

"흐엉흐엉, 날 두고 가면 어떡해. 흐어엉."

너구리는 소리가 들리는 아름드리나무 뒤로 다가갔어
요. 곰이 바닥에 퍼질러 앉아 울고 있었지요. 너구리가
짜증스럽게 물었어요.

"왜 시끄럽게 울고 난리야?"

"흑흑흑, 여자 친구가 이제 내가 싫어졌대. 게으르고 잠만 잔다고."

곰이 콧물을 들이마시며 흐느꼈어요. 너구리가 이죽거렸어요.

"꼴좋네. 그러기에 누가 그렇게 맨날 자래? 넌 자는 거 말고 할 줄 아는 것도 없잖아?"

곰은 더 크게 울었어요.

"그래도 내가 얼마나 착하다고. 힘도 세고. 흑흑흑."

너구리는 듣기 싫다는 듯 두 손으로 귀를 틀어막았어요. 그러다 문득 날카롭게 눈을 반짝였어요. 좋은 생각이 떠오른 것처럼 말이에요. 너구리가 표정을 싹 바꾸고 곰 옆으로 다가가 앉았어요.

"맞아, 맞아. 네가 잠만 줄이면 여자 친구도 금방 다시 돌아올 거야."

곰의 어깨를 토닥이며 달콤한 목소리로 덧붙였어요.

"내가 아무 때나 잠들지 않는 방법을 알고 있는데."

"진짜?"

곰이 눈물을 훔치며 물었어요.

"혹시 날 속이려는 건 아니지? 펭귄이랑 원숭이가 널 조심하라고 했단 말이야."

"다른 때면 몰라도 나는 누가 울고 있는 걸 보면 마음이 약해지거든. 못 믿겠으면 할 수 없지. 그냥 갈게."

너구리가 일어서려고 하자 곰이 얼른 붙잡았어요.

"아니야, 믿어, 믿어. 그 방법이 뭔데?"

"이건 진짜 너한테만 알려 주는 거야. 네가 하도 슬프게 울어서 말이야."

곰이 고개를 끄덕이며 눈을 굴렸어요. 너구리는 비밀을 알려 주는 것처럼 목소리를 낮게 깔았어요.

"잘 들어. 우리 마을에서만 나는 귀한 열매가 있어. 조막만 한 무지갯빛 열매야. 잠들면 안 되는 특별한 날에는 누구나 그 열매를 먹지. 효과가 정말 좋거든."

"우아, 무지갯빛 열매? 얼른 가 보자."

곰이 발딱 일어섰어요. 너구리가 따라 일어서며 잠시
뜸을 들였어요.

"그런데…… 그 귀한 열매를 그냥 줄 수는 없지. 조건
이 있어."

"조건? 말해 봐. 뭐든 들어줄게."

너구리가 음흉하게 웃으며 곰의 귀에 대고 속삭였어요.

같은 시간, 툴툴 산타와 모자 삼총사는 깊은 숲속을 헤
매고 있었어요. 지친 모자 삼총사가 말했어요.

"할아버지, 도대체 어떤 나무를 찾는 거예요?"

"이 나무나 저 나무나 다 똑같아 보이는데요."

"크리스마스트리 경연 대회에 진짜로 나가려고요? 지
금도 엄청 바쁘잖아요."

툴툴 산타가 연신 주위를 휘둘러보며 대답했어요.

"너희가 많이 도와주면 되지. 그나저나 여기 어디쯤에
서 본 것 같은데……. 멋진 크리스마스트리를 만들려면
크고 좋은 나무는 기본 아니겠니."

툴툴 산타가 휘적휘적 걷다가 어떤 나무 앞에서 멈춰
섰어요.

"찾았다!"

모자 삼총사가 달려와 나무를 올려다보며 입을 쩍 벌렸
어요.

"세상에! 이렇게 큰 나무를 우리가 어떻게 옮겨요?"

툴툴 산타도 그게 걱정이라는 듯 수염을 만지작만지작

했어요. 그때 누군가 쿵쿵 발소리를 내며 다가왔어요.

"제가 도와드릴까요?"

덩치 큰 곰이 배시시 웃었어요.

선물 창고의 위치

툴툴 산타의 집 마당에 크리스마스트리를 만들 커다란 나무가 우뚝 세워졌어요. 툴툴 산타, 모자 삼총사 그리고 곰은 힘들게 옮긴 나무를 흐뭇하게 올려다봤어요. 원뿔 모양에 가지도 튼튼하고 청록색 잎이 무성한, 멋진 나무였지요.

"장식을 다 올리면 정말 훌륭한 크리스마스트리가 되겠는걸!"

툴툴 산타가 이마의 땀을 닦으며 웃었어요. 그러다 근심 가득한 목소리로 말했어요.

"근데 여기까지 옮기는 것도 이렇게 힘든데, 장식을 다 한 뒤에 축제장까지는 또 어떻게 옮기지?"

툴툴 산타가 곰을 힐금거렸어요. 곰이 시원하게 대답했지요.

"걱정 마세요. 제가 있잖아요."

모자 삼총사가 손뼉을 쳐 댔어요.

"우아, 잘됐어요."

"그럼 아예 크리스마스 때까지 여기서 지내면서 일을 도와주면 어때요?"

"맞아요, 맞아. 우리도 바쁜 일이 있어서 할아버지를 도와드리기 힘들거든요."

툴툴 산타가 고개를 갸웃하며 물었어요.

"너희가 바쁠 일이 뭐가 있냐?"

"저희도 할 일이 얼마나 많다고요."

모자 삼총사가 대답하는데 곰이 끼어들었어요.

"할아버지만 괜찮다면 제가 다 도와드릴게요."

툴툴 산타가 환하게 웃다 말고 갑자기 이맛살을 팍 찌푸렸어요.

"아 참! 자네는 아무 때나 아무 데서나 막 잠들잖아?"

"아니에요. 저 이제 절대 안 그래요!"

곰이 손을 내저으며 펄쩍 뛰었어요. 나무를 옮기는 동안 잠들지 않은 것만 봐도 알 수 있지 않느냐면서요.

"저도 달라지려고 마음을 단단히 먹은걸요."

곰이 주먹을 꼭 쥐었어요. 툴툴 산타가 곰의 어깨를 두드리며 좋다고 했어요.

이른 아침, 툴툴 산타가 기지개를 켜며 창밖을 내다봤어요. 온 세상이 새하얗게 보였지요. 산도 길도 집도 두툼한 눈 이불을 덮고 있었어요.

"웬 눈이 이렇게 많이 왔어? 그러잖아도 바쁜데 눈을 또 언제 다 치우나 몰라."

툴툴 산타가 투덜투덜하면서 외투를 걸쳤어요. 밖으로 나오자마자 눈을 비비고 또 비볐어요. 믿을 수 없다는 듯 말이에요.

"이게 어떻게 된 일이야!"

마당에 쌓인 눈이 말끔히 치워져 있었어요. 마당뿐만 아니라 순록 우리도, 창고 앞도 훤했어요.

"잘 주무셨어요? 눈은 제가 벌써 다 치웠어요."

곰이 순록 먹이를 어깨에 잔뜩 지고 가면서 말을 이었어요.

"우리를 청소해 줬더니 순록이 먹이를 더 잘 먹더라고요."

툴툴 산타가 큰 소리로 웃었어요.

"허허허, 일을 이렇게나 잘할 줄이야!"

곰은 툴툴 산타의 눈치를 살피며 슬쩍 물었어요.

"순록들이 운반할 선물이 꽤 많은가 봐요?"

"그럼. 어마어마하지. 그래서 크리스마스이브에 힘을 쓰려면 잘 먹어야 하는데, 요새 통 안 먹어서 신경 쓰였다네. 자네 덕분에 순록들이 더 튼튼해지겠어."

"산타 본부에 있는 창고에서 선물을 싣고 출발한다던데, 창고는 여기서 멀어요?"

"그걸 어떻게 알았나?"

툴툴 산타가 의아한 눈초리로 묻자 곰이 말을 더듬었어요.

"그, 그게…… 모, 모자 삼총사가 알려 줬어요."

"그랬구먼. 엄청나게 멀지. 거기에 가려면, 어이쿠! 저 순록 녀석이 또 우리 밖으로 나오려고 하네."

툴툴 산타가 순록 우리 쪽으로 냉큼 뛰어갔어요. 곰은 아쉽다는 표정으로 작게 숨을 내뱉었어요.

아침을 먹은 후, 툴툴 산타와 곰은 창고에서 썰매를 정비했어요. 여기저기 닦고, 나사를 조이고, 낡은 곳은 판자를 덧대거나 갈아 끼우기도 했지요. 곰이 열심히 일하자 툴툴 산타는 기분이 좋았어요. 곰이 곁눈질하며 말했어요.

"이 썰매가 하늘을 나는 게 신기해요."

"그렇지. 아마 하늘을 날지 않으면 그 많은 선물을 하룻밤 안에 다 배달할 수는 없을 걸세."

"설마 산타 본부 선물 창고가 하늘 위에 있나요?"

"아니. 거긴 아주 드넓고 푸른, 어? 집배원이 몰고 다니는 자전거 소리가 난 것 같은데."

곧이어 정말 우편함 쪽에서 소리가 들려왔어요. 툴툴산타가 함빡 웃으며 부리나케 달려 나갔어요.

"오늘도 편지가 엄청 왔겠지."

곰이 안타까운 듯 인상을 찌푸렸어요.

"어휴, 너구리가 선물 창고의 위치를 빨리 알아 오라고 했는데……."

문득 좋은 생각이 난 곰이 산타를 쫓아갔어요. 툴툴 산타는 우편함에서 꺼낸 편지 꾸러미를 살피고 있었지요. 곰이 넌지시 물었어요.

"할아버지, 산타 본부에서 온 편지도 있어요?"

"그럼."

곰이 히죽 웃었어요. 봉투에 쓰인 주소만 확인하면 산타 본부가 어디에 있는지 알 수 있을 테니까요. 툴툴 산타가 곰에게 편지 하나를 건네주며 말했어요.

"바로 이게 산타 본부에서 온 편지라네."

곰은 재빠르게 편지를 살폈어요. 그런데 아무리 살펴봐도 주소가 보이지 않았어요. 보내는 사람란에 '산타 본부'

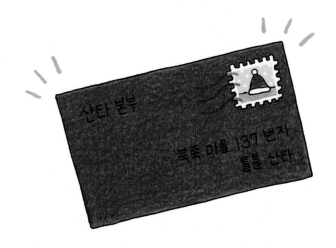

라고만 쓰여 있었지요. 곰이 의아해하자 툴툴 산타가 당연하다는 듯 말했어요.

"산타 본부는 주소를 적지 않는다네. 우체국마다 산타 본부만 이용할 수 있는 전용 우편함이 있거든."

곰은 저도 모르게 길게 한숨을 내쉬었어요.

늦은 오후, 툴툴 산타와 곰은 커다란 나무 앞에서 의견을 주고받았어요. 어떤 장식을 달지, 전구는 어떤 크기와 색을 쓸지, 맨 꼭대기는 어떻게 꾸밀지에 대해서요. 하지만 한참이 지나도 결정된 것은 하나도 없었어요. 크리스마스트리를 꾸미는 일은 생각보다 까다로웠지요.

툴툴 산타가 이마를 짚으며 말했어요.

"어이구, 골치 아파. 뭐가 이렇게 복잡해. 이럴 때 모자 삼총사가 있어야 하는데. 이 녀석들, 오늘은 꼭 온다고 하더니 왜 아직 안 오는 거야? 요즘 뭘 하느라고 그렇게 바쁜 건지."

툴툴 산타가 담 너머를 살피는데 모자 삼총사가 왁자하게 떠들면서 나타났어요. 툴툴 산타는 반갑게 모자 삼총사를 맞았어요. 따뜻한 우유를 준비하겠다며 서둘러 집 안으로 들어갔지요. 모자 삼총사가 축 늘어져 있는 곰에게 물었어요.

"왜 이렇게 기운이 없어요?"

"엄청 피곤해 보여요."

"많이 졸린 것 같아요. 눈이 반쯤 감겼잖아요."

곰이 머리를 흔들어 잠을 쫓으며 말했어요.

"그럴 리가. 나 하나도 안 졸려."

그러고는 조심스럽게 물었어요.

"근데 너희 혹시 산타 본부가 어디 있는지 알고 있어?"

"아니요. 몰라요."

모자 삼총사가 관심 없다는 듯 대답했어요. 자기들끼리 속닥거리느라고 바빴지요.

"아까 그 부분은 다시 연습해야 할 것 같아."

"맞아, 거기가 제일 어려워."

"나는 이 부분을 자꾸만 까먹어서 걱정이야."

곰은 내려오는 눈꺼풀을 밀어 올리며 모자 삼총사 이야
기에 귀를 기울였어요. 모자 삼총사가 말 사이사이에 하
는 몸동작이 예사롭지 않게 보였거든요.

포도주 작전

숲속 아름드리나무 뒤에서 너구리와 곰이 은밀하게 만나고 있었어요.

"왜 이렇게 늦었어?"

너구리가 매섭게 쏘아붙였어요. 곰이 머리를 긁적이며 말했어요.

"미안해. 하루에 한 번씩 몰래 빠져나오는 게 쉬운 일이 아니야. 근데 요즘 열매를 먹어도 졸린 것 같아. 이 열매 진짜 효과가 좋은 거 맞지?"

곰이 열매를 달라는 듯 손을 내밀었어요. 너구리가 대

뜸 성을 냈어요.

"네가 정신을 바짝 차려야지. 믿을수록
효과가 좋다고 했잖아. 열매를 먹는데도
아무 때나 졸음이 오면 넌 정말 구제 불능이야.
여자 친구를 만날 자격도 없다고!"

곰이 시무룩해서 어깨를 늘어뜨리자, 너구리가 달래듯
무지갯빛 열매를 내밀었어요. 열매는 꽁꽁 얼어서 표면
이 굳어 있었지요.

"한입에 꿀꺽, 알지?"

곰은 무지갯빛이 일렁이는 열매를 찬찬히 살피다 얼른
삼켰어요. 너구리가 기다렸다는 얼굴로 다가섰어요.

"이제 말해 봐. 선물 창고가 어디 있는지 알아냈어?"

곰이 눈치를 보며 고개를 가로저었어요. 너구리가 왈칵 내뱉었어요.

"도대체 뭘 하는 거야? 그렇게 쉬운 것 하나 못해?"

곰은 '그렇게 쉬우면 네가 해 보든가?' 하고 말하려다가 꾹 참았어요. 괜히 너구리를 화나게 해서 열매를 얻지 못하면 큰일이니까요. 이 일만 잘되면 너구리가 무지갯빛 열매가 나는 숲을 알려 주겠다고 했거든요.

너구리가 답답하다며 가슴을 쳤어요.

"산타가 말을 안 하면 잘 꼬드겨야 할 거 아니야? 마음 속에 있는 말이 술술 나오게."

"어떻게 하면 마음속에 있는 말이 술술 나오는데?"

"그거야 네가 알아서 해야지!"

너구리가 자기도 잘 모르겠다는 얼굴로 짜증을 냈어요. 그러다 갑자기 돌변하여 폴짝폴짝 뛰었어요.

"있다, 있어! 좋은 방법!"

너구리는 침을 튀겨 가며 새로운 작전을 설명했어요.

툴툴 산타는 우편함 앞에 있는 물건을 이리 보고 저리

봤어요. 보낸 사람란에는 주소도 이름도 없었지만 받는
사람란에는 '툴툴 산타'라고 분명하게 쓰여 있었지요.

"이게 뭘까?"

"얼른 열어 보세요."

곰이 모르는 척 말했어요. 아까 너구리가 놓고 가는 걸
봤는데도 말이에요. 툴툴 산타는 조심스레 포장지를 뜯
었어요. 휘둥그레진 산타의 눈이 반짝반짝했어요.

"세상에! 누가 이렇게 좋은 포도주를 보냈을까? 허허
허, 고맙기도 하지."

　　툴툴 산타의 입꼬리가 귀밑까지 올라갔어요.

　　귀한 보물인 양 포도주를 끌어안고 부리나케 집 안으로 들어갔지요.

　　얼마 후, 포도주를 마시고 얼굴이 벌게진 툴툴 산타가 주절주절 떠들었어요.

　　"우하하하, 향도 좋고 맛도 좋고 최고의 포도주네! 누군지 모르지만 내가 고생하는 걸 알고 보내 주다니. 나를 엄청 좋아하는 사람인 게 틀림없어. 하하하하."

툴툴 산타는 누가 간질이는 것도 아닌데 자꾸 웃었어요. 어깨를 흔들며 흥얼흥얼 노래까지 부르지 뭐예요. 기분이 아주 좋아 보였지요.

곰이 이때다 싶은 눈빛으로 물었어요.

"할아버지, 크리스마스이브에는 엄청 바쁘시겠어요?"

"그럼, 그럼. 말도 못 하게 바쁘지. 몸이 열 개여도 모자라. 더구나 산타 본부에 있는 창고에 들러서 선물을 싣고 출발하려면 아침 일찍부터 서둘러야 한다니까."

툴툴 산타는 속이 타는 듯 포도주를 한잔 더 마셨어요. 곰이 툴툴 산타 옆으로 의자를 바짝 당겨 앉았어요.

"근데 산타 본부는 어디 있어요?"

"음, 이건 비밀인데……. 내가
기분이 너무 좋아서 말하는 거야.
사람들이 전혀 생각지도 못한 곳에 있어. 겉으로 봐서는
전혀 알 수 없지. 그럼, 그럼, 절대 모를걸. 우하하하."

툴툴 산타가 또 웃었어요. 그러다 눈을 말똥말똥 뜨고
있는 곰을 보고 다시 떠벌렸어요.

"그게 그렇게 궁금해? 궁금하면 알려 줄
까? 말까? 줄까? 말까? 하하하하."

툴툴 산타는 혼자서 계속 떠들었어요.

"거긴 아무나 막 들어갈 수도 없고……."

숨을 길게 내쉬더니 띄엄띄엄 말했지요.

"넓고 푸른 바다 위에…… 커다랗고…… 새하얀 게 둥둥……."

툴툴 산타는 말하다 말고 테이블 위에 픽 쓰러졌어요.

"할아버지, 할아버지! 괜찮아요?"

곰이 놀라서 툴툴 산타를 흔들었어요. 툴툴 산타는 대답 대신 드르렁드르렁 코를 골기 시작했어요. 곰이 안절부절못했어요.

"어휴, 이번에도 실패하면 안 되는데……. 할아버지, 일어나세요. 그냥 자면 안 돼요!"

곰이 발을 동동 굴렀어요. 그러다 느닷없이 창문 밖을 뚫어지게 바라봤어요.

"어? 쟤들이 뭘 하는 거지?"

담장 아래에 모자 삼총사가 보였어요. 셋은 노래에 맞춰 춤추고 있었지요. 곰의 눈이 점점 커졌어요.

혼쭐나는 너구리

태양이 내리쬐는 드넓은 바다 위에 작은 보트가 떠 있었어요.

"어이구, 힘들어. 이놈의 배가 고장 나는 바람에 이게 무슨 생고생이야!"

너구리가 땀을 뻘뻘 흘리며 노를 저었어요. 한눈에 봐도 몹시 덥고 지쳐 보였지요. 산타 본부에 빨리 가려고 모터보트를 훔쳤는데, 얼마 못 가서 말썽을 일으켰지 뭐예요.

"도대체 왜 아직 안 보이는 거야?"

　너구리가 끝없는 바다를 두리번거리며 노를 젓고, 젓고
또 저었어요. 그러다 멀리 보이는 커다랗고 새하얀 배를
보고 환호성을 질렀어요.
　"드디어 찾았다! 산타 본부! 이런 곳에 있다고 누가 생
각이나 하겠어? 낄낄낄. 나 정도는 되니까 알아낸 거지."

며칠 전, 곰이 너구리를 찾아와서 툴툴 산타에게 들은 얘기를 전해 줬어요. 대략 정리하면 산타 본부는 '아주 먼 푸른 바다 위에 떠 있는, 커다랗고 새하얀 것'이라고 말이에요. 말하는 곰도, 듣고 있던 너구리도 고개만 갸우뚱갸우뚱했어요. 아무리 생각해도 어느 곳을 가리키는지 알 수가 없었지요. 한참을 곰곰이 생각하던 너구리가 소리를 질렀어요.

"바로 거기구나! 툴툴 산타가 왜 그 액자를 그렇게 소중하게 다뤘는지 이제야 알겠네!"

너구리는 선물이 그득그득한 창고가 코앞에 있는 것처럼 가슴이 부풀었지요.

너구리는 벽난로 위에 있던 거대한 유람선 사진을 떠올리며 힘주어 노를 저었어요.

"저렇게 큰 배를 쫓아가려면 만만치 않겠는걸."

너구리는 있는 힘을 다했어요.

"그 많은 선물이 모두 내 차지가 되는 거라고!"

해가 뉘엿뉘엿 넘어갈 즈음 너구리가 땀을 닦으며 중얼거렸어요.

"이제 거의 다 왔네. 조금만 더
가면 유람선을 따라잡겠어."
그때 무언가 보트를 들이받았어요.
보트가 심하게 요동쳤어요. 너구리는
보트의 난간을 붙잡고 소리쳤어요.
"이, 이게 무슨 일이야!"
그 순간 입을 쩍 벌린 상어가 물속에서
튀어 올랐어요.
"으아악!"

너구리는 바닥에 납죽 엎드려 벌벌 떨었어요. 상어들이 몰려들어 배를 뒤집을 것처럼 흔들어 대자 너구리는 죽을힘을 다해 노를 저었어요.

"너구리 살려! 너구리 살려!"

쓰러지기 일보 직전의 너구리가 겨우겨우 유람선에 숨어들었어요. 기둥 뒤에서 숨을 돌린 너구리는 유람선을 몰래 돌아다니며 선물 창고를 찾기 시작했어요.

"이 배에는 왜 이렇게 사람이 많지?"

어마어마하게 큰 유람선에는 없는 게 없었어요. 스릴 넘치는 물놀이장, 화려한 파티장, 멋진 정원도 있었어요. 사람들이 웃고 떠들며 즐거운 시간을 보내고 있었지요.

너구리는 뭔가 이상하다는 듯 골똘히 생각했어요. 그러다 무릎을 치며 혼잣말했어요.

"아하, 이렇게 꾸며 놓으면 아무도 여기가 산타 본부라고 생각을 못 하겠지. 하지만 똑똑한 나는 속지 않는다고. 유람선 아래쪽에 감쪽같이 숨겨 둔 걸 누가 모를 줄 알고? 거기에는 선물이 잔뜩 있는 창고가 있을 테지. 낄낄낄."

너구리가 계단 아래로 내려갔어요. 한참을 내려가자 '제한 구역'이라는 표시가 보였어요.

"이럴 줄 알았다니까. 들어가지 말라면 안 들어갈 줄 알고?"

너구리는 빠르게 주위를 살핀 뒤 문을 열고 들어갔어요. 그때 어디선가 삐익 삐익 하는 호루라기 소리가 들렸어요. 경비 옷을 입은 우락부락한 사람이 소리쳤어요.

"당장 나가요!"

너구리가 쏜살같이 내빼며 비웃었어요.

"내가 호락호락 나갈 줄 알아!"

이내 경비원 여럿이 너구리를 쫓았어요.

"여기 들어오면 안 돼요. 밖으로 나가요!"

너구리는 경비원을 피해 더 빠르게 도망쳤어요. 숨이 넘어갈 것 같은 너구리가 시끄러운 소리를 내는 기계 뒤에 바짝 몸을 숨겼어요.

"헉헉헉, 저 사람들 엄청 끈질기네. 근데 선물은 통 보이질 않고, 왜 이렇게 복잡한 기계가 많지? 정신이 하나도 없네."

너구리가 눈을 굴리며 주위를 둘러봤어요. 넓은 공간이 알 수 없는 기계들로 꽉 차 있었어요.

"이상하네. 분명 배 밑에 숨겨진 산타 본부랑 선물 창고가 있어야 하는데…….”

쿠쿵!

커다란 기계가 무시무시한 소리를 내며 움직였어요. 놀란 너구리가 뒤로 물러서다가 뜨거운 기계에 손이 닿았어요.

“앗! 뜨거워!”

고함 소리를 듣고 달려온 경비원들이 너구리를 덮쳤어요.

기관실에 멋대로 들어오면 안 된다고 호통치면서요. 그러고는 탑승권도 없는 수상한 놈이라며 철창에 가두었어요.

"풀어 줘, 풀어 달라고!"

너구리가 고래고래 악을 썼어요.

얼마 후, 가까스로 철창을 빠져나온 너구리는 지친 발걸음을 옮겼어요. 몸도 힘들었지만 선물을 찾지 못해서 분통이 터졌어요.

"여기가 산타 본부가 아니라 진짜 유람선이라고? 못된 툴툴 산타가 나를 속이다니! 가만두나 봐라."

너구리가 이를 바드득 갈았어요.

"멍청한 곰 녀석은 도대체 일을 어떻게 하는 거야!"

너구리는 씩씩대며 발 앞의 깡통을 걷어찼어요. 날아간 깡통이 하필 구석에 있던 개의 머리 위로 퉁 떨어졌어요. 잠을 자던 개가 번쩍 눈을 떴지요.

크르릉! 크르릉! 왈!

사납게 생긴 개가 이빨을 드러내고 너구리를 향해 전속력으로 달려왔어요.

"으악! 다들 나한테 왜 이러는 거야!"
너구리가 징징대며 줄행랑쳤어요.

불이야! 불이야!

　찬바람이 거센 아침, 너구리는 툴툴 산타의 집 근처에 숨어 있었어요. 곰이 밖으로 나오기를 기다리는 거였지요. 며칠째 곰이 숲속에 나타나지 않아서 화가 잔뜩 나 있었거든요.

　"그러잖아도 곰 녀석한테 따질 게 많은데, 열매를 가지러 오지도 않고! 도대체 뭘 하는 거야!"

　너구리가 콧김을 내뿜으며 불퉁대는데 슬금슬금 곰이 집 밖으로 나왔어요. 너구리는 당장 달려가 알은체하려다가 멈칫했어요. 글쎄 곰이 조심스러운 눈길로 주위를 살피고 또 살피지 뭐예요. 들릴 듯 말 듯 혼잣말하면서요.

"들키면 안 되는데……."

순간 너구리 머릿속에 벼락이 치는 것 같았어요.

"곰 녀석이 혼자 선물을 차지하려고 나를 따돌렸나?"

너구리는 눈을 가늘게 뜨고 곰을 지켜봤어요. 곰은 사방을 둘레둘레 훑어보면서 종종걸음을 옮겼어요. 수상해도 너무 수상했지요. 너구리도 나무 뒤에 몸을 숨기면서 곰을 뒤쫓았어요.

잠시 후, 곰은 '북쪽 마을 크리스마스 축제'라는 현수막이 걸린 곳으로 갔어요. 너구리가 현수막을 올려다보며 말했어요.

"23일? 오늘 저녁에 축제가 열린다는 거잖아! 그럼 내일이 24일?"

너구리는 갑자기 마음이 급해졌어요. 정신이 없어서 깜박 잊고 있었는데, 내일이 바로 크리스마스이브라는 말이잖아요.

"툴툴 산타가 선물을 배달하기 전에 반드시 빼앗아야 하는데……."

너구리가 곰을 찾아 두리번거렸어요. 곰이 구석에 있는

작은 천막으로 서둘러 들어가는 게 보였지요. 너구리는 천막 쪽으로 걸음을 옮기며 축제장을 휘둘러봤어요.

중앙 광장은 이미 축제 준비가 얼추 마무리된 것 같았어요. 세밀하게 만든 환상적인 눈 조각들, 얼음으로 만든 재미있는 놀이터, 익살스러운 모습을 한 눈사람도 보였어요. 군데군데 행사를 준비하는 사람들도 눈에 띄었고요. 무대 옆쪽에는 경연 대회에 나온 멋진 크리스마스트리들이 줄 맞춰 늘어서 있었지요.

너구리는 광장을 가로질러 작은 천막으로 다가가서 안을 엿봤어요. 곰과 모자 삼총사가 모여서 무언가를 진지하게 의논하고 있지 뭐예요. 너구리가 입을 쌜쭉거렸어요.

"저 녀석들이 모여서 뭘 하는 거지? 선물 얘기를 하는 건가?"

그런데 너구리의 생각과 달리 곰과 아이들은 곧 음악에 맞춰 춤추기 시작했어요. 팔다리를 위아래로 흔들고 온몸을 들썩였어요. 박자를 타면서 신나게 몸을 움직였지요. 넷의 동작이 척척 맞아떨어졌어요. 특히 곰은 통통한 몸을 실룩실룩하면서 정말 열심이었어요. 손동작 하나도, 발동작 하나도 허투루 하지 않았어요.

너구리가 중얼거렸어요.

"곰 녀석의 눈이 저렇게 빛나는 건 처음 보네."

곰과 아이들을 지켜보던 너구리는 저도 모르게 흥에 겨워, 음악에 맞춰 발을 까불었어요. 그러다 자기 머리를 콕 쥐어박았어요.

"어이쿠, 내가 미쳤나 봐. 지금 뭘 하는 거야?"

그 순간 곰과 눈이 딱 마주쳤어요. 곰이 화들짝 놀라서

춤을 멈추었어요. 그러고는 모자 삼총사에게 잠시 나갔다 오겠다고 했지요.

곰과 너구리는 커다란 나무 뒤로 몸을 숨겼어요.

"여기까지 어쩐 일이야?"

"네가 안 나타나니까 내가 왔지. 그 유람선은 산타 본부가 아니었어! 선물 창고도 없었고! 거기서 내가 얼마나 생고생을 했는지 알아? 그리고 왜 열매를 가지러 안 오는 거야? 열매를 먹어야 잠을……."

너구리 말을 자르고 곰이 끼어들었어요.

"아 참, 그리고 보니 열매 먹는 걸 까먹고 있었네. 어쨌든 내가 지금 엄청 바쁘거든. 자세한 건 춤 연습 끝나고 얘기할게. 여기서 기다려."

곰이 후다닥 천막 안으로 들어갔어요. 혼자 남겨진 너구리는 어안이 벙벙했어요. 왠지 원래 알던 곰과 다르게 느껴졌거든요.

축제장에는 얼음 같은 바람이 쌩쌩 불었어요. 너구리는 언 손을 호호 불면서 곰을 기다렸어요. 하지만 아무리 기다려도 곰은 코빼기도 내밀지 않았어요. 그렇다고 천막에 들어가 볼 수도 없었지요. 모자 삼총사가 함께 있으니

말이에요.

"어휴, 추워. 오늘따라 바람이 더 세네. 이러다 얼어 죽겠는걸."

너구리는 주위에 있는 나뭇가지를 주워서 모닥불을 피웠어요. 활활 타오르는 불을 쬐며 언 몸을 녹였지요.

"이제야 살 것 같네. 후유."

너구리가 안도의 숨을 내뱉었을 때였어요.

휘이잉!

거센 바람이 휘몰아쳤어요. 모닥불 불꽃이 바람을 타고 이리저리 날아갔어요. 무대 위에 내려앉은 작은 불꽃이 타닥타닥 소리를 내며 금세 크게 타오르기 시작했지요. 곧이어 경연 대회에 출전한 크리스마스트리에 불길이 화르르 옮겨붙었어요. 불길은 순식간에 사방으로 번졌어요. 당황한 너구리는 무엇을 어떻게 해야 할지 몰라 절절 맸어요.

"아이고! 큰일이네."

때마침 곰과 모자 삼총사도 천막에서 나오고 있었어요.

"에잇, 나도 모르겠다."

너구리는 걸음아 날 살려라 하고 도망쳤어요. 모자 삼총사와 곰은 눈앞의 광경을 보고 까무러칠 듯 놀랐어요. 축제장 곳곳이 활활 타오르고 있었으니까요. 모자 삼총사와 곰이 소리쳤어요.

"불이 났어요!"

"불이야, 불이야!"

최고의 크리스마스 선물

사납게 휘몰아치는 바람 때문에 불길은 쉽게 잡히지 않았어요. 소방관들의 힘으로는 역부족이었지요. 축제장에 모인 북쪽 마을 사람들은 소방관을 도와 갖은 애를 다 썼어요. 서로 도와 가며 물을 옮기기도 하고, 눈을 퍼 나르기도 했어요. 축제장 밖으로 불길이 번지지 않게 한마음으로 움직였지요. 툴툴 산타와 모자 삼총사, 곰도 열심히 마을 사람들을 도왔어요.

"여러분, 조금만 더 힘을 내자고요!"

툴툴 산타가 소리쳤어요.

깊은 밤, 모두가 애쓴 덕분에 불은 더 이상 번지지
않고 꺼졌어요. 마을 사람들이 서로서로를 얼싸안고
환호성을 질렀지요.

"우아, 드디어 불이 꺼졌어요."

"우리가 해냈어요!"

하지만 기쁨도 잠시뿐이었어요. 폭탄을 맞은 것
처럼 아수라장이 된 축제장을 보고 모두 할 말을
잃었어요. 아름다운 눈 조각품, 얼음 놀이터, 눈
사람 등은 다 녹아서 흔적조차 없었어요. 무대
는 검게 그을려 뼈대만 남아 있었지요. 재가 된
크리스마스트리 앞에서 툴툴 산타가
얼빠진 얼굴로 말했어요.

"내가 어떻게 만든 작품인데…….”

경연 대회에 나가려고 툴툴 산타가 얼마나 애를 썼는지 알기에 곰도 모자 삼총사도 산타를 위로했어요.

"할아버지, 기운 내세요."

툴툴 산타뿐만 아니라 북쪽 마을 사람들 모두가 설레는 마음으로 준비하고 기다렸던 크리스마스 축제가 물거품이 되어 버렸지요. 마을 사람들 얼굴이 검게 타 버린 축제장처럼 어두웠어요.

북쪽 마을 시장님이 마이크를 잡고 말했어요.

"오늘 온 힘을 다해 애써 주신 우리 주민 여러분이 정말 자랑스럽습니다. 여러분 덕분에 더 큰 피해를 막을 수 있었습니다. 그런데…….”

시장님이 뜸을 들이다가 입을 뗐어요.

"아무래도 오늘 예정된 크리스마스 축제는 개최하기 어려울 것 같습니다. 보시다시피 남아 있는 게 아무것도 없어서요."

사람들이 주위를 둘러보며 안타까운 얼굴로 고개를 끄덕였어요. 툴툴 산타가 털썩 주저앉았어요.

"아이고, 대회에 나가서 꼭 상을 받고 싶었는데…….”

툴툴 산타가 한탄하고 있을 때였어요. 모자 삼총사가 큰 소리로 나섰어요.

"시장님, 아무것도 없어도 축제를 할 수 있어요! 사람들이 공들여 준비한 공연을 보거나 예정대로 장기 자랑 대회를 하면 되지요!"

"이렇게 우울하게 크리스마스를 맞이할 수는 없잖아요?"

"맞아요. 오늘이 바로 크리스마스이브라고요!"

사람들이 웅성웅성했어요. 불을 끄느라 몰랐지만 어느새 자정이 넘어 있었어요. 그러니 오늘이 정말 크리스마스이브였지요. 잿더미처럼 어두웠던 사람들 얼굴에 하나둘 햇살 같은 미소가 번졌어요. 여기저기서 목소리가 들려왔지요.

"꼬마들 말이 맞아요. 축제장이 망가졌다고 축제를 하지 말란 법은 없잖아요!"

"그래요, 모두 불탔어도 우리 마음마저 빼앗을 수는 없지요."

"우리 함께 크리스마스이브를 즐기자고요!"

시장님의 얼굴이 환해졌어요.

"좋아요! 지금부터라도 신나게 축제를 시작해 볼까요?"

"북쪽 마을 크리스마스 축제 만세!"

사람들은 환호성을 지르며 축제장 옆 작은 공터로 이동했어요. 모두 한마음으로 크리스마스 축제를 즐겼지요. 여러 공연도 보고 장기 자랑 대회도 했어요. 조촐하지만 여느 때보다 따뜻하고 활기찬 축제였어요. 여러 참가자의 순서가 지나고 모자 삼총사와 곰의 차례가 되었을 때였어요.

"얘들아, 우리가 연습한 걸 제대로 보여주자!"

곰이 손을 내밀며 말했어요. 모자 삼총사가 자신 있다는 듯 곰의 손 위에 차례로 손을 포갰어요. 그리고 "파이팅!" 하고 외쳤지요.

사람들은 모자 삼총사와 곰의 춤에 열광했어요. 손뼉을 치고 휘파람을 불고 몸을 흔들면서 다 같이 무대를 즐겼지요. 툴툴 산타도 이 순간만큼은 두둠칫두둠칫 박자를 타면서 흥겨워했어요.

"저 녀석들이 나만 따돌리고 맨날 뭘 하나 했더니, 이렇게 근사한 걸 연습하고 있었구먼."

정신없이 춤을 따라 추는 툴툴 산타를 보고 사람들이 웃음을 지었어요.

달이 기울 때까지 사람들은 함께 어울렸어요. 축제가 끝나고 시장님은 상을 받은 여러 사람들을 축하했어요. 그 뒤 말을 이었지요.

"마지막으로 오늘 축제의 대상을 발표하겠습니다. 심사위원 만장일치로 뽑았습니다. 여러분이 가장 신나게 즐겼던 바로 그 무대의 주인공, 모자 삼총사와 곰입니다!"

사람들이 함성을 지르며 큰 박수를 보냈어요. 모자 삼총사와 곰이 손을 흔들며 나와서 메달과 상품을 받았어요. 그리고 모자 삼총사가 소감을 말했어요.

"이렇게 큰 상을 주셔서 고맙습니다. 사실 꼭 대상을 받고 싶었거든요."

"맞아요. 그래서 연습을 진짜 많이 했어요."

"그 이유는 상품으로 주는 이 탑승권 때문이에요. 세계에서 가장 큰 유람선을 타고 여행할 수 있는 티켓이요! 이 티켓을 산타 할아버지에게 드리고 싶어요."

모자 삼총사와 곰이 툴툴 산타에게 다가가 티켓을 내밀었어요.

"해마다 선물을 배달하느라 애쓰시는 할아버지, 고맙습니다!"

사람들도 입을 맞춘 것처럼 일제히 외쳤어요.

"산타 할아버지, 메리 크리스마스!"

툴툴 산타가 상품을 받아 들고 울먹울먹했어요.

"모두 고마워요. 흑흑흑. 이 녀석들이 나를 울리네. 벽난로 위에 걸린 사진 속 유람선을 타 보는 게 내 평생소원인 걸 어떻게 알고……. 맨날 선물을 주기만 했지, 이렇게 멋진 크리스마스 선물을 받은 건 처음이구나. 고맙다……."

툴툴 산타가 흐어엉 울다가 허허허 웃었어요. 곰이 툴툴 산타에게 말했어요.

"저는 이제 숲으로 돌아갈게요. 여자 친구가 기다리고 있거든요."

곰이 숲 쪽을 가리키며 덧붙였어요.

"내가 춤추는 모습을 보고 여자 친구가 날 다시 봤대요. 나처럼 멋진 곰은 본 적이 없다나 뭐라나, 헤헤."

곰은 너구리 때문에 툴툴 산타의 집에 오게 된 이야기와 무지갯빛 열매 얘기도 털어놓았어요.

"속여서 죄송해요. 이제 열매 같은 건 필요 없어요. 춤 출 생각을 하면 잠이 확 달아난다니까요."

곰이 꾸벅 인사했어요. 춤추듯 날렵한 걸음으로 숲으로 향했지요. 그 모습을 툴툴 산타와 모자 삼총사가 웃으며 바라봤어요.

툴툴 산타가 앞장서며 말했어요.

"우리도 이제 크리스마스 선물을 배달할 준비를 하러 가 볼까?"

"네! 좋아요!"

모자 삼총사가 툴툴 산타를 따라가며 물었어요.

"할아버지, 티켓이 두 장이던데 누구랑 가실 거예요?"

툴툴 산타는 멀리 여자 친구와 어깨동무하고 걸어가는 곰을 부러운 눈으로 바라봤어요.

"나도 같이 가고 싶은 사람이 있긴 하지. 음, 툴툴 할멈이라고……."

툴툴 산타가 부끄러운 듯 걸음을 재촉했어요. 모자 삼총사가 킥킥대며 뒤쫓아 갔지요.

공터 근처에 숨어서 지켜보던 너구리가 중얼댔어요.

"에잇, 이제 이 가짜 열매 따위는 필요 없겠네. 무지갯빛 물감이 지워질까 봐 얼리느라고 엄청 애썼는데."

너구리는 열매가 든 주머니를 멀리 내던졌어요. 사람들
이 주머니가 날아온 쪽을 바라보며 수런댔어요.

"어! 저기 너구리 녀석 아니야?"

"맞아요. 처음 불을 낸 게 바로 저 녀석이었다고요!"

"고약한 너구리 녀석 잡아라!"

사람들이 너구리를 잡으러 우르르 몰려왔어요. 소스라
치게 놀란 너구리가 허둥지둥 도망치기 시작했어요.

"왜 이렇게 일이 꼬이는 거야. 내년에는 꼭 선물을 빼앗
고 말겠어! 으악, 너구리 살려!"

허허허!
산타 본부 선물 창고가 빙산 속에 있다는 건
아무도 모를걸?

좋아하는 일을 하는
크리스마스가 되길 바라요

올해 여름은 정말 더웠지요? 더운 여름을 지내고 보니 올 크리스마스가 왠지 더 반갑네요. 가만 보면 요즘은 예전보다 크리스마스가 한결 더 빨리 찾아오는 느낌이에요. 반짝반짝 빛나는 크리스마스트리가 12월이 되기 훨씬 전부터 눈에 많이 띄거든요. 그만큼 크리스마스를 기다리는 사람들의 마음이 더 커졌다는 얘기겠지요.

책 속, 북쪽 마을 사람들도 크리스마스를 손꼽아 기다렸어요. 이번에는 성대한 크리스마스 축제까지 열린다고 해서 더 설렜지요. 물론 너구리 녀석 때문에 물거품이 되었지만 말이에요. 예정대로 크리스마스 축제가 열렸으면 좋았겠지만 그렇다고 나쁜 일만 있었던 건

아니지요. 마을 주민들이 한마음으로 불을 끄고, 조촐하지만 훈훈한 크리스마스 축제를 함께했잖아요. 또 툴툴 산타에게 의미 있는 크리스마스 선물을 한 모자 삼총사의 예쁜 마음 덕분에 사람들 가슴이 더 따뜻해졌고요. 무엇보다 모자 삼총사와 함께 춤을 연습한 곰은 놀라운 사실을 깨닫게 되지요. 자신이 좋아하는 일을 할 때는 잠이 오지 않고 오히려 정신이 또렷해진다는 걸 말이에요.

여러분에게 잠이 달아날 만큼 신나고 재미있는 일은 무엇인가요? 여러분이 좋아하는 걸 찾아서 올 크리스마스에는 꼭 그 일을 하길 바랄게요. 좋아하는 일을 하다 보면 올해는 다른 때보다 더 신나고 멋진 크리스마스가 될 거예요!

아 참, 그런데 너구리 녀석은 언제쯤 정신을 차릴까요? 내년에는 좀 나아질까요? 우리 함께 기대해 보자고요.

여러분, 메리 크리스마스!

아이들의 웃음소리를 사랑하는
동화 작가 최은옥

주니어김영사 베스트 창작동화
<내 멋대로 산타 뽑기> 시리즈

최은옥 글 | 김무연 그림 | 각 권 90쪽 내외

매해 크리스마스 시즌에 맞춰 출간되는 《내 멋대로 산타 뽑기》의 스핀 오프 시리즈!
마음은 따듯한데 표현이 서툰 툴툴 산타, 귀여움과 재기 발랄함으로 무장한 동
물 친구들과 모자 삼총사의 다채로운 이야기가 추운 겨울, 독자 여러분의 마음
을 포근하게 어루만질 거예요.

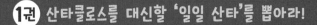

1권 산타클로스를 대신할 '일일 산타'를 뽑아라!

2권 선물을 노리는 '북쪽 마을 최고의 도둑'은?

3권 '스노 박스'를 두고 펼쳐지는 선물 배송 각축전!

4권 산타에게도 아이처럼 소망하는 선물이 있다고?